김연숙 제2시집

옥색 치마저고리 · 1

신세림출판사

김연숙 제2시집

옥색 치마저고리 · 1

시인의 말

그나마 알고 있는 단어마저도 하나씩 하나씩 잃어가는 이 시점에서 나는 글을 쓰고 있다.

젊은 시절엔 세월이 흐르고 흐르면 뭔가 더 많이 느끼고, 그 느낌을 더 완벽하게 표현할 줄 알았다.

큰 파도를 넘어 잔잔한 경지에 이르면 감정의 폭풍우 속에 침몰하지 않고 한쪽에 치우치지 않고 한걸음 뒤로 물러서서 편안한 마음으로 사물을 담담하게 그려갈 줄 알았다.

하여 아끼고 아껴 이제 뭔가를 쓰려고 하니 마음속에선 많은 것이 요동치고 있지만 잃어버린 단어가 발목을 잡는다.

새삼스럽게 새로운 말 새로운 문장들은 없겠지만 젊은 날엔 감동을 주는 많은 단어들을 마음속에 재워 놓고 수시로 끄집어 낼 수 있었다.

허나 지금은 모두 다 한 덩어리로 뭉쳐 침전돼버리니 멍청이만 남아 갑갑함으로 마음 깃에 걸려 있다.

이제 와서 아 ~ 그때 쓸 걸 하는 후회와 마음에서만 맴돌 뿐 형체를 알아볼 수 없는 단어와의 싸움에서 오는 자괴감을 어찌하랴.

그럼에도 불구하고 떠나지 않고 가슴에 애틋한 정으로 남아 있는 몇

개 되지 않는 단어로 쓰고 있는 것은 무식하면 용감하다 하는 그런 맥락에서 그럴 수도 있겠지만 사실은 글보다는 마음이 전해졌으면 하는 바람이 크기 때문이다.

버선목 뒤집듯 내 마음을 뒤집어 볼 수도 없는데 과연 어떤 방법이 있을까?

너와 내가, 아니 우리 모두가 공감할 수 있는 버선목 뒤집는 방법이 무엇일까?

한참을 시름하다 결국은 무력증이 발목을 또 잡는다.

설령, 어찌 어찌하여 그 방법을 찾았다 한들 스치고 지나가는 감정의 한 끝을 함께 하였다 한들 또한 무슨 의미가 있을까?

그런데도 종일토록 마음속에서 이명처럼 속삭이며 흔들리는 자음과 모음을 짜깁기한다.

오늘도.

2017. 08. 16.

토론토에서 김연숙

차례

제2부
빗방울의 탱고

제3부
거리를 떠도는 그리움

차례

제4부
녹아내리는 슬픔

제5부
내 마음 속에 흐르는 어머니의 강

제6부
잃어버린 나를 찾아서

제7부
미풍처럼 다가온 주님

1

빈 잔의 충만

달

떠오르기까지
황혼 속에 잠겨 있는 달은
황혼빛을 그대로 안고
수평선 위에 동그란 모습을 나타내고

그 빛을 버리지 못해
황혼을 밟으며 올라가는 달은
어쩔 수 없이 제 빛을 토하고

못내 아쉬워 하얗게 질려 가며
새벽 어스름의 연보라에 묻혀
가슴앓이 하다가

다음날
가슴 한쪽을 도려내는 아픔으로
떠오를 때
우리의 만남은 이즈러지는가?

달빛 · 1

달보다 호수 위에 달빛이 더 빛나는 밤
가을 편지를 받았네.

무심인 듯 물어보는 안부에
미어진 마음이 울렁거리네.

'누구라도 그대가 되어'의 그대일 수도 있지만
반짝이는 물결 위에 그대는
'나'이기를 바래보며

이 밤 저 멀리 떠난 그리움 불러
향수 깃든 영화를 보네.

유리와 라라의 어긋난 애달픈 사랑에
눈물 훔치며

출렁출렁 물결 치고
달려오는 달 그림자에 혼절하네.

달빛 · 2

부시시 눈 비비며 거실로 나오니
달빛이 커튼 사이사이로 삐져나와
하얀 선을 그어 놓았네.

귀퉁이에 버려진
종이쪽을 주우려니
웬 걸 이것도 달빛이었네.

손등에 올라선
달빛을 잡으려
또한 손을 포개 보아도
지워지지 않는
새하얀 달빛은
내 속에 숨어 버리네.

달빛이 나를 먹었나?
내가 달빛을 품었는가?
흔들리는 달빛에게 물어보자.

비

비가 정신을 잃고 미친 듯이 쏟아지네.
갈수록 부서져 가는 심사도 어리빵빵

검붉은 장막 사이로 웃음 짓는 뱂한 햇살은
누구의 미소인가?

아침부터 내리는 비는
내 영육 속 깊이 스며들어

가슴 속 가득 흘러
도랑물이 시냇물을 이루며

온갖 고뇌와 번민을 변명이나 하듯
아우성거리며 흩어지고

다시 모인 그 자리에는
자연의 소리, 소리, 소리만 맴돌 뿐.

초하의 고고함은 어디메로 흘러가고
구슬픈 망향가만 대지 위에 가득한데

잊어버린 추억 속에
울고 웃는 비조처럼

태고 적 숨겨 놓은 내 그리움 찾아
장대비 맞으며 꿈속으로 달려가네.

한 송이 꽃

지나고 나면
하루가 하루일 뿐

빛남이 쌓인들
힘듦이 쌓인들

뒤돌아보는 내 모습도
지금 서 있는 내 모습도

퇴적해버린 시간의 무덤 속에서
언젠간 한 송이 꽃으로 피어나겠지

목적도 의미도 없는 삶을
받아들여야 하는 숙명적인 아픔이

인내의 눈물을 받아 먹으며
하나뿐인 귀한 꽃을 피워내리라.

와인

책을 보며
와인을 먹고
안주로 감을 먹으며
뭔가를 쓰려고 하네.

그런데 감만 먹고 있네.
생각이 감속에 들어가 버렸네.

꺼내고 싶은 생각도 없이
심드렁이 보고 있노라니

생각도 분꽃처럼
피었다 오므렸다 하는 것 같네.

피어오르는 순간
구름 속에 숨어있는 황혼을 찾아
아스라지게 달려보네.

그런데 어떻게 하나
청아한 달빛 속에 숨어있는
사랑만 보았네.

아, 와인이여,
French Wine이여.

시

저만치 걸어가는
그 옛날의 모습에서
함초롬히 피어나는
수선화의 수줍은 자태와
햇살을 머리 위에 뿌려 놓은 듯
살구꽃마냥 흐드러지게 걸려있는
하이얀 눈꽃들의 눈부심이
대칭을 이뤄가며
생각처럼 그리움처럼 나를 만날 때
한 편의 시가 되어버린다.

마음의 시

기쁨은 질투를
아픔은 약점을
기적은 기적을
낳는다는 것도 알고

젊은 베르테르의 슬픔을
줄줄이 그려 놓은
마이센 도자기처럼
설움과 함께할 줄도 알고

멈추어라 순간이여
그대는 참으로 아름답다고 외친
파우스트의 말처럼
춤추고 노래할 줄도 알고

나에게 충실할 줄도 알고
망각할 줄도 알고
침묵할 줄도 알기에
마음을 시라고 하네.

빈 잔의 충만함

뽀드득 소리가 나게 세수를 하고
거울 앞에 마주선 나와 내가 바라본다.

문득 추사 김정희가 귀양살이 가셔서
한 잔의 차를 드시더라도 꼭 두 잔을 마주하고

한 잔은 따르고 다른 잔은 비워 두고
감동으로 가슴을 여울지게 하셨던 말씀.

빈 잔의 충만함이라!

행여, 거울 속에 내가
빈 잔의 충만함으로 나에게 다가선다면

하늘빛 물 그림자 위에
그리움과 그리움이 만나는 자리이리라.

이심전심

아, 이게 바로 이심전심인가?
살아가면서 이런 순간을 만날 때
기쁨은 활짝 피어오르네.
밤낮을 바꾸지 못해 헤매는 이 밤
너를 생각하며 전화보다는
메일을 하고 싶다는 생각에 열어 보니
너를 보았네.

창밖에는
그리움을 안고 떨어져 있는 단풍잎이
방울방울 짙은 가을의 향기와 함께
40년 저쪽의 세월로 데려가 버리네.
내 마음을.

내가 보이니?

여기 오니 계절 하나를 잃었어.
그래도 밤새워 보초 선 파도 덕분에
잃은 것보다 가슴 가득 채우고 온 우정이
'출렁이는 파도의 집'처럼 나를 감싸네.

꿈

꿈은 꿈으로 묻으리
꽈리빛 하늘 한 켠에
기나긴 내 마음속에
두근거림에도
펴보지 않으리
설레임에도
눈 감으리

감은 눈 속에 파고드는
그리움이 빨갛게 물들 때,
한 방울의 눈물로 그대를 떨구리.

구름

구름 속에서
구름들이 반란하듯
뭉쳐가며 흩어지며
팔 팔 날으는 모양을
진열장에 웅크리고 앉아 있는
오만가지 형상들이
하품하듯 느려터진 눈빛으로
구름 보고 있노라면

"내 마음 나도 모르게"로 이어진다.
저 구름 따라 내 마음도
반란군에 속한다면 몰라도
구만리가 왜 멀지 않겠는가.

그래도
이 마음 구름 속에 심으면
제 무게 감당할 수 없어
빈산에 홀로 누운 시인의 마음 안고

하얀 서리 되어
흰 눈 되어
그대 뜰 앞에
살랑 살랑 내려앉을까?

수국

너를 떠올릴 때
벼락 치듯 스쳐간 번개 같은 단어들이
돌아서기도 전에
홍건한 적막 속에 묻혀버려
멍멍해진 가슴을 어쩌지 못하는
어느 청아한 봄날 아침,

풀이슬 가운데
무너지듯 흐트러진 수국에
끝없는 시선을 못 박으니
솔~ 솔~
코티분 향기가 그리움 되어
한 생각에 영원을 꿈꾼다.

오솔길

초생달이 호수위에
오솔길을 내놓았네.
희미한 추억이 밝은 빛 되어
내 마음에도 환한 길 밝히네.

달빛과 손잡고 길 따라 떠나니
탱자 향기 가득한
빨간 황토 길에는
너와 내가 앉아서

흐드러지는 꽃 이야기에
밤새는 줄 모르고
왔던 길을 오가며
이 밤을 지새우네.

때 아닌 눈

빗방울 스쳐간 자리
바람이 지나간 자리
구름이 흘러간 자리
빗물이 녹아난 자리

그 자리 자리에
눈송이 하나하나가
휙휙 내리칠 때
하얀 한지 위에 먹물이 번져나듯

텅 빈 공간을
쫙 한 점 쫙 한 점씩
획을 긋고 있는 마음들이
눈이 되어 흩날리고 있습니다.
에드워드 뭉크의 절규처럼
오전에

빛방울 스며든 자리
바람이 도망간 자리
구름이 가버린 자리
빗물이 쓰러진 자리

그 자리 자리에
눈송이 하나하나가
힘없이 나풀거릴 때

뿌우연 회색빛 되어
뿌우연 안개빛 되어

눈이 되어 흩어지고 있습니다.
눈이 되어 흩날리고 있습니다.

마음속에 그려지는 수채화처럼
마음속에 아롱지는 그리움처럼
오후에

2

빗방울의 탱고

비

어디에서 뺨을 맞고
밤 세워
내 유리창에 화풀이하던 비는

제풀에 숨을 죽이며
속살 같은
부끄러움만 남겨놓은 채

안개 속에 띄워 놓은 조각배 찾아
꼬불꼬불 연기되어
구름 속에 숨어버리네.

빗방울의 Tango

빗길을 가로지른 차바퀴에서
폭죽처럼 흩어지는
빗방울의 Tango

울지도 소리치지도
아무것도 하지 않았건만
양철지붕 위에서 아우성대는
빗방울의 Tango

허허로이 흘러간 세월과 함께
차곡차곡 쌓여있던 분노가
양은냄비 속에 한 가득 담겨
뜨거운 불 위에서
사방 군대로 팔팔 뛰노는
빗방울의 Tango

빨간 드레스 휘감고
너와 내가 함께 어울려
올린 머리 풀어 헤칠 때까지
눈 딱 감고 죽을 똥 살 똥 춤을 추는
빗방울의 Tango.

소철

첫 가을에 시를 생각나게 하는 사람
높이 올려진 소철 화분 밑에서
정들을 주워 모을 수 있는 사람

담아 있는 마음 표현할 길 없는
한심함도 눈빛으로 다독거려 줄 수 있는 사람

접동새 사연을 들려주며
한 마음 져며내
꽃인 양 가슴에 달아 주는 사람

사람
사람이 그리운 오후.

요트

호수에 떠 있는 요트가
오늘 유난히 하얗게 보이는 것은
그리움이 반짝이기 때문일까?

흥겨운 꽃덤불에
알몸 같은 그리움 싣고
가로누운 물결 위를 맨발로 뛰어와
나더러 빨리 오라 손짓하네.

꽃비

아지랑이 냄새가 저녁노을 사이를
그림자처럼 흐느적거리고 있다.

새들의 날갯짓에 흠친 놀란 눈들이
나뭇가지 위에서 우수수 우수수 떨어진다.

눈시울이 타오르는 붉은 이별을 뒤에 두고
천 갈래 만 갈래 흩어지는 마음을 잡으려
두 눈 꼭 감고 새까만 어둠 속을 둘러보니

꿈길에 쏟아지는 꽃비 같은 그리움이
한 줄기 섬광처럼 헐레벌떡 달려온다.

바람

메이지 않고
메이지 않아
서운할지라도
이렇게 공중에서 얽히는
바람 같기만 해도 좋다고 말한다.

바람이 만난다.

투명한 심연 속에서
황홀한 그리움 되어

야릇한 장밋빛으로
세포 사이 사이에
반짝이는 길을 만든다.

연기

연기도 추위를 타는구나.
차마 펴지지 못하고 엉키고 어우러져
손가락 사이로 흘러내리지 못하는
새하얀 덩어리 되어
오들오들 질린 추위를 타는구나.
쩍쩍 달라붙는 추위를 타는구나.

안개는 속절없는 한줄기 빛에도
텅 빈 아쉬움만 남겨놓은 채
살금살금 눈치 보며 물러나지만
지면을 떠나지 못한 성긴 눈발 속에서
현기증을 느끼게 하는 연기는
무엇에 대한 아쉬움인가?

빛쌀

호수위에 빛쌀이
소나기처럼 쏟아진다.
우와 진짜 소나기다.

방방 뛰어오른 눈부신 소나기가
물고기 비늘 되어
반짝이는 수면 위에
번갯불에 감전될 듯
마디 마디 소리 내어 춤을 춘다.

하늘에선 구름 사이로
처처히 흩어지는 빛깔들이
방울방울 무지개 되어
머나먼 길 여행 떠난다.

파란 망과색

입술에
파란 망과색을 바르면
생을 마감하는 사람들의
마지막을 연출하듯

내 마음에도
내가 나를 싫어하는
나의 모습에
파란 망과색을 바르며
마지막 연출을 하리라.

또 다시 떠오를
하루 하루를 위하여

꽃상여

해질 무렵
낯선 시골길에서 새어 나오는
희미한 불빛을 만나는 순간

뱃속 깊은 곳에서
매운 연기처럼 피어오르는
절절한 향수

얼비치는 그림자도 없는 공간에
꽃상여 뒤따르며 울어대는 울음이 서러워
더 서글피 울었던 가시나를 그려본다.

아스라이 떠나가는 그녀를 보내며
쉰 목소리로 간장을 에어내는 듯한
소리꾼의 절절한 음성이
만국기마냥 흔들리던 창호지조각처럼
온몸이 쭈뼛쭈뼛 할 때까지 울려 퍼지면
꽃을 만들어야지.

꽃상여에 장식할 하얀 꽃을
맺힌 한이 핏방울 되어
뚝뚝 떨어지는 꽃을.

애처로움

살랑이는 바람이 하얀 목에 걸린 듯하여
휘휘 휘저어 보건만
빈 손 속엔 셀 수 없이 촘촘히 그어진 손금뿐

내 지나온 삶이 고여 나는 듯
애처로움에 마음이 울컥
허망한 마음 길 찾아 바라본 강물 위엔

하얀 뭉개구름이 포말을 그리며
물결치는 파도 되어
수북이 내려 앉아 산산이 흩어지네.

설움

종이비행기 접어
날려 보내고픈 가을이
내 발 앞에 뚝 떨어진
어느 날

눈 둘 곳 몰라 어쩌지 못하는
온갖 모양의 서글픔을
차곡차곡 깡통에 담아 놓은
걸인을 보았다.

그중에서도
마음에 꽂히는 질겁하는 설움과 마주할 때
나는 타임머신을 타고
줄줄이, 줄줄이 그의 조상을 찾아 헤맨다.

누군가와
어깨라도 부딪히는 현실 앞에서
허둥지둥 제 자리로 돌아오는 듯하나

닦아도, 닦아도 다시 끼는 성애처럼
뿌연 차가움 속에 혼연일체 되어버린다.

너와 나의 만남은
어디에서 시작됐을까?

3

거리를 떠도는 그리움

무제 · 1

언제부터인가
시월에는 마음이 먼저 몸살을 알린다.

들여다보면 텅 빈 공간에
구멍만 숭숭 뚫린 삶의 색감들이
제 자리를 찾지 못하고 스러져 있다.

긴 막대로 한 올 건져
멍석 위에 내 맘인 양 널어놓고
허수아비 되어 호이 호이 날아오는 새도
저 멀리 샘께로 날려 보내고

쨍쨍한 햇빛에 곱게 풀어 놓으니
어느새 뽀얀 안개 되어 까무러칠 듯
사립문 사이로 흘러 가버린다.

무제 · 2

어드메에 머물렀을까?
어디로매 가버렸을까?

그대 오셨다는 길섶 찾아 나설 때
슬픈 메아리만 정처 없이 몰려오네.

빈 마음 바람 따라 산허리를 돌아봐도
흔들흔들 나뭇잎의 그림자만 누워있고

그대는 떠오르지 않는 산호꽃 되어
기나긴 바다에 풍덩풍덩 걸어가네.

무제 · 3

많이 알고 많이 느끼고 싶어
세월의 흐름에 온 몸을 기댄 채
다듬이소리 들릴까 숨 죽여 보았지만
세월과 알음은 더하기가 안 되네.
더하기 빼기는 산수 시간에만 되네.

무제 · 4

며칠 전만 해도
동네 처녀 바람나듯
생뚱맞게
새빨간 색으로 혼자 치장하고

흐드러지게
나불나불 매달린 이파리가
추위와 함께 화해라도 하듯
뜬금없이 어우러지는 가을 문턱에서

누군가가 말했지
떨림이 있어야 울림이 있다고.

무제 · 5

메모에 메모를 하는 하루는
모라토리엄처럼
시간과 영혼 사이를 맴돈다.

이럴 때 나는 화집을 꺼내 본다.

텃치 하나 하나에
불 같은 생명을 불어넣으며
수없이 오고 가는 붓끝에서
스스로 존재하는
'한 개의 사과'를 탄생시킨
구렛나루 수염의
독보적 매력의 Cezanne!

한 순간 팔딱 일어서는 나의 의식이
축배의 잔을 들고 외친다.

나는 나다! 나는 너를 사랑한다!
나는 나다! 나는 너를 사랑한다!

무제 · 6

한 겁은 얼만큼이며
영겁은 얼만큼인가요?

구름 뒤로 달이 떠오르는지
구름 속에 해가 숨어 있는지

마을 앞 당산나무가
간절한 정한수를 몇 그릇이나 받았는지

열 손까락밖에 주시지 않으시면서
세어 보라 하시니

홀로 숨 쉬는 나의 안타까운 사랑이
화산처럼 폭발해 무작정 떠도네.

무제 · 7

좁은 공간에 쪼그리고 앉아
엉뚱한 생각에 잠겨 꾸물거리다
등줄기를 타고 내려온 싸늘함에
깜짝 놀라 뒤돌아본 시간 속에서
허공을 부유하는 달빛과 햇빛이
대나무 우는 소리 따라 흔들거리니
에먼소리 한 마디도 엮을 수 없어
새하얀 보시기에 담아
시렁 위에 올려놓고 가만히 바라보니
동그랗게 엎드려 하는 말 '사랑합니다.'

무제 · 8

다 떠나보내고
다 잃어버리고

몇 개 되지 않는 단어를 구슬려
한 줄기 마음 줄을 뽑아내려니

거미줄에 목매달고 반쯤 올라오던 낱말들이
느닷없이 쏟아지는 소낙비에 죽임을 당하고

가슴속에 치렁치이렁 걸쳐놓은 후회와
잊고 싶어 안달이던 개떡 같은 사연들은

가로수 등불마냥 나란히, 나란히
마음을 밝히며 청승맞게 서있네.

생각 없이 살아가는 버려진 하루처럼
"이런들 어떠하리 저런들 어떠하리"로
떠나보낸 시간이 아쉬워
나라 세울 것도 아니면서
그 임의 간절한 마음 되어
밤새워 열심히 외워 보네.

"이런들 어떠하리 저런들 어떠하리
만수산드렁칙이얽혀진들어떠하리."

무제 · 9

눈이 구름처럼 휘날리고
황량한 들판에는
빛바랜 갈색 풀이 바람 따라 통곡하네.

광포한 세상에
한줌의 흙으로 돌아가는 외 길목에서
허망함과 짝짝꿍하다 보니

고고한 나의 영혼이
헤매이는 천사 되어
거리를 떠돌고 있네.

꺼이꺼이
쇳소리 같은
울음을 토하면서.

무제 · 10

깊은 그 곳은
햇볕에 달군 정열이
숨어 숨 쉬는 곳

싸한 가을햇살처럼
송송 뚫린 낙엽처럼
찡한 기적소리 되어

뜨거운 숨결에 스며든
피할 수 없는 사랑과
춤출 듯 아롱거리면

훨훨 타는 눈망울이
한 조각 구름 되어
먼먼 그대 맘이 보입니다.

우정

내가 그토록 원했던 사랑이
내 앞에 있는데
어디서 보았던 글귀입니다.

밤을 노래하기 위해 별이 있듯이
또한 우리의 마음을 노래하기 위해
사랑이 있습니다.

산그늘 헤쳐가며 강줄기 따라
마음을 풀어낼 수 있는
우정이 있기에 감사 드립니다.

우리들의 이야기

결국 어느 바닷가나 해변가에
한 알의 모래가 되어 묻혀있을
우리들의 이야기

타들어간 가슴이 새까만 간장 되어
돌담 장독속에 숨죽인 듯 살아있는
우리들의 이야기

한 가닥 미풍 끝을 쓸쓸히 거머쥐고
속절없이 허공을 한없이 날아보는
우리들의 이야기

때론 내가 너고 네가 나였더라면
찡한 후회의 무덤을 쌓지 않았을
우리들의 이야기

연잎에 사연 담아 돛단배에 싣고
살랑살랑 은하수 찾아 길 떠나는
우리들의 이야기가
이 밤을 새우게 하네.

나? 너?

어깨 위에 따스한 봄볕이
무겁게 느껴진다는 건
청록색 깃발을 앞세운 여름이
코앞까지 달려왔다는 것.

이토록 세월은 바람에 목 매달려
끌려가는 구름처럼 흐르건만
함께 하지 못하는 마음은
자꾸만 뒷걸음질치고 있네.

같이 가자며 손짓하는 세월도 뿌리치고
정처 없이 허공중에 떠도는
잡을 수 없는 구름만 바라보며 훌쩍이는
안타까운 아리아리한 마음이여,

나여?
너여?

친구여

쪽빛 넘실거린 아침 햇살을 받으며
아스팔트 위에서 살랑대는 나뭇잎의 그림자가
가을이라고 마음에 먼저 말을 걸어오네.

많은 사연 담아 놓았던 마음속의 스펀지가 너무 무거워
흔들리는 나뭇잎의 그림자 위에 맥없이 주저앉으니
가을은 한 발짝 더 먼저 성큼 나에게로 다가오네.

아~
이 첫 가을에 수줍은 미소 속에 사랑과 아픈 이별을 품고
갓 피어난 새싹을 보며 희망과 꿈을 펼치고자
퐁퐁 뛰는 젊음을 간직한 채
서로 인사를 주고받을 사이도 없이
"나 떠난 다음에
내 슬픔마저도 사랑해 달라" 는 말도 없이
눈에 눈물만 가득 고인 하얀 머리 영국 신사 한 분만
빈 아스팔트 위에 홀로 남겨 놓은 채
그냥 그렇게 뒤도 돌아보지 않고
눈에 밟히는 그리운 임만 두고서
사랑하는 따님 곁으로 생일상 차려 주러
홀연히 가셨네.

어느 누가 그토록 혼신을 다하여
그렇게 열심히 살 수가 있었을까?

4

녹아내리는 슬픔

사랑

응달진 담장가에
철늦게 만발한 목련꽃 때문인지

썼다가 지우고
지웠다가 쓰는

그늘 아래서 편지를 쓰고 있는
베르테르도 아니고

갔다가 오고
왔다가 가는

머나먼 항구에서 출항과 귀항을 반복하는
오디세우스도 아니고

밤새워 쓰고 밤새워 반복해도
사랑은 여전히 숨겨져 있네.

밀회

멀리 있는 너를 보았네.
네 그림자 뒤에서
피어오른 네 마음을.

보쌈한 그 마음과 손에 손 잡고
시공을 넘나들며
벅찬 밀회를 즐기네.

구름다리 걸터앉아
한웅큼 구름 거둬
꽃도 피우고 새도 울게 하네.

종달새가 지지배배 노래하니
안개꽃도 피어나네.
아, 안개꽃이 만발했네.

나의 사랑

잿빛 터널 속을 헤매고 있는
기나긴 마음을 위로하며
함께할 수 있는 사랑.

외로움이 대롱대롱 달려있는
가을 숲길을 낙엽 냄새 맡으며
걸을 수 있는 사랑.

작은 모닥불 지피고
설렘과 기쁨을 위해 입맞춤하며
축복처럼 펴지는 불꽃을 눈동자 위에
수놓을 수 있는 사랑.

잔주름이 내려앉은 모습을 바라보며
평안한 행복이 가슴 깊은 곳에서부터
은은히 울려 퍼지는 사랑.

오랫동안 비웠던 자리를
넋 나간 사람처럼 그리워하며
말없이 품속으로 돌아오는 사랑.

위에서 노래하는 사랑이 어우러져
옷을 입듯이 신발을 신듯이
손에 손 잡고 걸어가는 나의 사랑!

애정

마음의 추가 천근인지 만근인지
시계 한 귀퉁이를 비집고
뻐꾸기 되어 자리매김했던
답답함이
시간마다 튀어나와
뻐꾹뻐꾹 울면
얼얼한 가슴이 뜨거운 기운 안고
나를 되살아나게 한다.

풍성한 불꽃 속에 살아있는
그리움을 쫄랑쫄랑 따라가니
내가 그리움 되어
그리움을 먹고 있다.

꽃바람 나부끼는 잎새 사이에서
또르르 구르는 이슬방울 소리에도
포르르 전율하는 건
정녕 나에 대한 애정이리라.

그리움

나를 비우는 것은 눈물이지만
나를 구기는 것은 그리움이다.

그 그리움 잎사귀에 살포시 내려와
모시적삼 같은 해맑은 창호지 되어

여인의 손끝에서 학으로 태어나
마당 가득 풀어놓은 그리움 된다.

소리 없어 외로우면 부서진 파도 타고
큰 바위 돌고 돌아 하얀 거품 내품으며

악 소리 지르는 폭포에서
태고 적의 물꽃을 피운다.

물안개 되어 그리움 되어
나를 찾아 불러 주기 위해.

기다려야지

궁궁따구 궁궁따구 궁궁따구 궁딱 (아)!

국거리 장단에 맞춰 침전된 흙탕물이
퉁게 퉁게 뛰면서 올라오는지
멀미처럼 머슥거리는 내 마음이
가라앉을 때까지 기다려야지.

여린 가지 연두싹이 시절 몰라 갸우뚱 고개 내밀다
부릅뜬 바람눈에 가슴까지 철렁이며 고개 숙여도
분홍빛 뭉게구름 하늘하늘 날리며
봄바람이 불어올 때까지 기다려야지.

어깨 위를 톡톡 튕기며
떨어지는 빗방울이 살금살금 찾아와
발걸음 동동거리게 하는 펄펄 끓는 열 되어
이마 위에 앉아 한 잠 자고 갈 때까지 기다려야지.

손들면 만져지는 별을 보며
말간 강물에 바람타고
새소리 등에 업은 백마 탄 왕자가
봄빛 안고 올 때까지 기다려야지.

서러움

빗방울 떨어지듯
나에게 떨어지는 가을이

맑은 물속에 한 방울의 잉크가 번지듯
유리창을 온통 파랗게 물들일 때

끝 모르게 타고 있는 가을빛이
왠지 모를 슬픔으로 녹아내린다.

유리 케이스 안에 스며든 가을이
나에게 돌아온 서러움 되어…

술래잡기

마음속에 글을 찾아
술래잡기하고 있다.

글속에서 글을 찾아
술래잡기하고 있다.

“꼭꼭 숨어라 머리카락 보인다.”

둘이서 어찌나
잘 숨어 있는지

바람 속에 날아갔나?
강물 속에 불려갔나?

꽃잎처럼 시들며
애간장을 녹이네.

외로움

무던이의 철없는 풋사랑이
강물 위에 하얀 주검으로 떠내려가니
수압댁의 한스런 애린 마음이
살갖 사이 사이로
걷잡을 수 없이 배어 나오네.

애끓는 마음 한 구석이
텅텅 비어 썰렁 썰렁한 게
외로움인가 보다.
눈물만큼 무거운 숨 쉼이
스산한 바람결과 함께 하니
너는, 그냥, 바람, 바람이어라.

아픔 · 1

내가 나를 끝내 용서할 수 없는 아픔.
많고도 많은 기회마저 놓쳐 버린 아픔.
이렇게 청승떠는 모양도 허영인 아픔.
안타까움에 딱 미쳐버릴 것 같은 아픔.
아 어떻게 하나 어떻게 하나 어떻게 하나…
이리저리 엮어 봐도 용서할 수 없는 아픔.
다음에는 이러리라 하면서 놓쳐버린 아픔.
이제 와서 후회하는 그 자체가 허영인 아픔.
엄마 엄마, 아버지 아버지,
불러보니 부를수록 미쳐버릴 것 같은 아픔.
아 어떻게 하나 어떻게 하나 어떻게 하나…
가슴을 후벼 파는 아픔이 견디지 못하고
주르르 눈물 되어 흘러내리네.
울 수도 없었고 생각할 수도 없었던 아픔이
느닷없이 물줄기처럼 흘러내리니
바늘구멍만한 숨구멍이 트이는 것 같네.
얼마만큼 울어야 나는 살 수 있을까?
눈물로 내 뺨이 패이도록 울어도
내가 나를 끝내 용서하지 못하리라.

아픔 · 2

일어서는 파도처럼
마음에 상채기도 일고

메밀꽃 일듯이
배꽃이 하얀 아픔으로 일어선다.

등나무 그늘 아래
멀거니 걸터앉아

구부구부 덤벙거리며
떠나가는 그림자에 마음이 아려

숭글숭글 내다보니
세상도 아니고 네상도 아니네.

그저
무던한 양반만 삘가니 웃고만 있네.

떠나고 싶다

떠나고 싶다. 울음 한 보따리 웃음 한 보따리 꽁꽁 묶어 허리춤에 매달고 한 번은 웃고 한 번은 울며 누군가 뒤에서 오늘은 비가 오려나 걱정 한 보따리 한숨 한 보따리 풀어 놓은 자갈길을 일렁이는 맘 한 가닥 부여잡고 바람결에 떠나고 싶다. 떠나고 싶다.

누구를 위하여 종을 울리나

네가 내가 아니듯
나 또한 네가 아닌 것을
넘쳐도 모자라도 안 되는 세상살이

네가 생각하듯 내가 생각하듯
딱 맞지도 꼭 틀리지도 않는 인생길을
이슬떨이 되어 풀잎 속을 휘적거릴 때
누군가가 너와 나를 불러 세우네.

휘 둘러본 허공에는
맑은 가을 하늘만 가득한데
꽃비만 기다리는 엉뚱한 심사는
속절없이 시름시름 앓고 있네.

기쁘지도 슬프지도 않은 시간 속에서
너와 나는 무엇을 생각하며
누구를 위하여 종을 울리나?

5

내 마음속에 흐르는 어머니의 강

고향

푸르름이 맴도는
저 넘어 아득한 옛날이
하늘하늘 내 마음에 휘감기니

따뜻한 품속 같은 그리움이
라일락 향기 되어 나에게로 달려오네.

띄엄띄엄 돌아앉은 지붕 위에는
하얀 연기 모락모락 피어오르고

이 집 저 집 짖어대는 멍멍이들도
불러대는 정겨움에 꼬리 흔들며
새아씨 치맛자락 쫄랑쫄랑 따르네.

앵두나무 가지에 걸려 있는
빨간 저녁놀이 촛불처럼 타오르고

졸졸졸 흐르는 개울물에선
공기처럼 부드럽게 수군대는 사랑이
꿈길 되어 또 다시 나에게로 달려오네.

엄마

뭣 모르고 당했네.
뭣 모르고 받아들였네.
뭣 모르고 울기만 했네.

엄마가 엄마가 엄마가
가셨네 가셨네 아주 가셨네.
눈물만 눈물만 흘러내리네.

산을 봐도 강을 봐도 하늘을 봐도
가슴이 마음이 나의 영혼이
흔들려 흔들려 마구 흔들려

풀꽃 속을 갈대 속을 꿈길 속을
먹먹함과 아련함과 미어짐이
넘쳐서 넘쳐서 마저 넘쳐버렸네.

그리운 엄마

엄마, 엄마,
그리운 우리 엄마!

이미 꺼진 불길의 영혼도 마다않고 가로수 되어
오월의 반짝반짝 빛나는 연두색 포플러 잎으로
신작로 길을 설레게
달려온 우리 엄마.

포도송이 송이마다 그리움 가득 담아
영글진 가을 길을 치맛자락 걷어잡고
예쁜 미소 휘날리며
달려온 우리 엄마,

기나긴 동지섣달 하얀 새알 동동 띄워
꼬불꼬불 긴긴 밤을 샛별이 지기 전에
기러기 울음소리에 사무친 마음 담아
달려온 우리 엄마,

아~ 엄마, 엄마, 우리 엄마!

옥색 치마저고리

추석도 지났는데
왜 저렇게 달이 밝을까.
이런 날
옥색 치마저고리가 살랑거린다.

누군가 나에게
가슴 깊은 곳을 후벼 파는 애처로움과
온몸을 전율하는 분노를
한 마디로 표현하라면
나는 한 치의 주저함도 없이
옥색 치마저고리라 말한다.

우리 엄마의 처량하고 가련한
옥색 치마저고리!

아들의 빛나는 순간을 위해
엄마 일생에 가장 사치를 부렸던
옥색 치마저고리.

곱디고운 상자에 넣어 선반위에 모셔 놓고
힘들 때마다 손바닥으로 매만지며 쓰다듬으며
이 옷을 입을 찬란한 순간을 떠올리며
흐뭇한 미소로 승화시키던 애처로운 모습이

지금도 눈앞에 아른아른 흔들린다.

미리미리 설레고
너무너무 설레고
미리미리 행복했었고
너무너무 행복했었나.
그 찬란한 순간을 여지없이
도둑맞아 버렸으니…

엄마도 떠나고
옥색 치마저고리도 한 줌의 제가 되어
흔적 없는 허공에 묻혀 버렸지만
설명할 수 없는 애처로움은
흔들리는 바람 사이에
슬픈 미련으로 얼큰히 남아 있다.

아버지

엄마 가시고
엄마 안 계신 첫 친정 나들이
생소한 느낌으로
이 방 저 방 둘러보며
이 마음 저 마음 흔들리는데
"아야, 연숙아!"
아버지가 큰 소리로 부르시네.
"아야,
너는 인생에서 가장 행복한 시절을
어떻게 표현하느냐?"
"……"
갑작스런 물음에 두 눈만 껌벅이는데
"꽃 피고 새가 우는 시절"이라고
말하지 않느냐?
우리 집은 사시사철 꽃이 피고 있어서
너를 위해 내가 새를 사 놓았다.
'잉꼬와 극낙조'란다.
엄마 안 계셔도
몽울몽울 피어 있는 꽃
꼬리꼬리 우는 새소리 들으며
좋은 시절이라고 생각하면 되지 않겠느냐?
내가 너를 위해 할 수 있는 건
이것밖에 없구나.

엄마 없이 머물다 가는 동안
스산하지 않았으면 좋겠구나.
그때 당시 나는 이렇게 생각했었네.
“우리 아버지가 꽃을 사다 사다
이제는 새를 사시려고 핑계를 대시는구나.”

아버지 가신지 석 달.
먹먹한 가슴에 피눈물만 고였네.
꽃도 새도
마음속에 시퍼런 멍우리로 남아있네.
뼛속 깊이 박힌 슬픔과 회한을
차마 감당할 수 없어
꽁꽁 묶어 휘몰아치는
폭풍우 속에 던져 버렸는데도
뜨거운 촛농을 두둑이 껴입은 촛불마냥
떠오르고 또 다시 떠오르는 그리움 되어
내 정수리에 또아리를 틀고 통곡하네.
시도 때도 없이, 시도 때도 없이.

말괄량이 길들이기

언제나 같은 길을 다녀도
그 길이 처음인 양 갔던 길을 기억 못한다.
항상 새로운 길을 가는 것처럼.

길은 나에게
두근거림과 함께하는
수많은 언어의 이음이다.

해찰 부리며 오고 가는 길목에서
마음을 열고 이야기하는 동안
끊임없이 또 다른 모습을 보여준다.

옆에 누구라도 함께할 때면
그 사람 보기에 물가에 놔둔 아이처럼
불안하기 짝이 없는지
염려스러운 눈빛으로 손사래를 친다.

오늘도
아침에 강가에 늘어선 갈대숲은
비앙카의 순전한 떨림처럼
아니 어쩌면 말괄량이 머리칼처럼
제멋대로 나풀나풀 흔들리던 게

돌아오는 길
그 사이 섹스피어 혼령이 다녀갔나?

한 바람에 흐트러짐 없이
모두 다 한 곳을 향해
머리를 조아리는 모습에
경외감마저 느껴진다.

섹스피어는
캐서리나 길들이듯
갈대도 길들이는가.

하루하루 · 2

나와 함께 살아온 마음결은
사랑이 사랑을 불러오고
그리움이 그리움을 잉태했네.

팔자도 좋아
웬 사랑타령?
웬 그리움타령?
쑥덕쑥덕 떡방아 찧지만

웃음 뒤에 허탈함
사랑 뒤에 쓸쓸함
그리움 뒤에 미어짐이
불쑥 뛰어든 배신감과 한데 어울려

심연의 저 밑바닥에서
아무렇게나 헝클어진 아픔 되어
순간 순간을 휘적휘적 뛰놀 때

저절로 떨어지는 눈물
어쩔 수 없이 솟구친 한숨이
주님의 형상 바라보며
한 올 한 올 풀다 보면

그게 바로 희망의 동아줄 되어
사랑을, 그리움을 수 놓아
또 다시 꿈을 꾸네.
또 하루 하루 살아가네.

손자

우리 손자가 세 살쯤 됐을 때
온통 자지 않는 아이를 위해
종이접기 하며 여명을 맞은 적이 있다.

무심히 바라보는 유리창을
신비로 물들여 놓은 세상이
너무나 아름다워 혼잣말로

"진서야,
도대체 저게 무슨 색일까?
저 색을 어떤 색이라고 말할까?"

기대도 안 했건만 한참을 바라보던
손자가 아무렇지도 않게
중얼거리듯 하는 말이

"할머니, 할머니는 저것도 몰라?
저건 썬(SUN)이 조용히 조용히
올라오는 색이야."

가슴이 두근거릴 만큼 깜짝 놀랐다.
감동이 내 온몸을 휘감으니
주님이 살포시 우리와 함께 하신다.

6

잃어버린 나를 찾아서

나는 어디에…

내려다보이는 고속도로에는
차량의 행렬도 끊기고
스산한 바람만이 제 세상인 양 활개를 치는데
나는 어디에 있나 찾을 길 없네.

점점 커져만 가는 상념들이 잡아먹었나
사무치는 달빛 속에서 눈물로 비단을 짜나
떨어진 잎 주워들고 버들숲을 헤매나
스쳐가는 팔팔 끓는 그리움에 혼절했나

길 헤매고 깍깍 울어대는 갈가마귀에게
물어나 보자.

나는 어디에 있나?

베넷병신

버스가 곡예하듯
유난히 둥근 인터체인지를
뒤뚱거리며 돌아가는 뒤꽁무니에
줄줄이 사탕처럼 덩달아
뒤뚱 뒤뚱거리는 차량들을 바라보며

마치 네가 미안해 할까봐
미리미리 절절매는
베넷병신 같은 마음 되어
통계통계 애태워 하는 사이
무심한 바람 되어 그들은 떠나가고

허탈한 마음 담아
이슬로 감은 머리
사정없이 달려오는 찬 바람에 고드름 되어
두두둑 후벼 파는 내 마음을
지나가는 나그네가 훔쳐보네.

코스모스 자화상

코스모스를 코스모스라 불러준 사람도
오직 한 사람
코스모스를 코스모스라 인정한 사람도
오직 한 사람

분홍빛은 여릿함을
꽃분홍은 설레임을
하얀 색은 순수함을
온몸으로 표현하는 너!

스쳐가는 바람에게도 인사하며
흔들리는 마음 끝도 아는 체하며
구름과도 손에 손 잡고 속삭이는
맑은 가을 하늘이 가장 잘 어울리는 너!

잠을 자지 않고도 꿈속을 거닐고
부르지 않아도 살랑살랑 함께하며
누구의 가슴에도 애틋한 사랑 되어
활동사진 속에 오롯이 서 있는 너!

그러고 보니 너에겐 노란색이 없구나
그러고 보니 너에겐 강인함이 없구나
그러고 보니 너는 목이 참, 가늘구나
그러고 보니 너는 휑한 외로움이구나!

허당

몸도 허당하고
마음도 허하고
관계도 허당하니

몸은 입성으로 감싸고
마음은 꿈속에서만 해매고
관계는 외로움의 원천이네.

이래도 그렇고
저래도 그렇고
이래저래 허당함뿐이네.

눈물 콧물 흘려 봐도
시줄구레한 하루하루가
서산에 해 넘어가듯
순식간에 나를 데리고 넘어가네.

가을감성

멀리 있는 임의 마음 향긋 그리워 띄워 보낸 편지마다 비둘기가 길을 잃어 버렸네. 어이타, 아슴푸레 들려오는 바람소리에 억지 장단 맞추며 홍을 돋운들 잠 못 이뤄 까실거리는 눈꺼풀에 무거운 그리움만 내려앉았네. 그때나 지금이나 아, 가을인가.

나이타령

나는 말한다.
이 나이쯤 되면 사람 반 귀신 반이라고.

듣지 않아도 감각으로 들을 수 있고
느낄 수 있고 볼 수 있는 나이가 됐다.

상대의 말을 열심히 참고 듣는다는 건
스스로 교양을 갖추기 위해서다.

하여, 척하다 보면
정작 내가 할 말을 잊어버리고 만다.

나이 드신 어른들이 서로 말을 하려고 하는
불편한 모습을 보면서

나이 먹으면 절대 저러지 말아야지
다짐하고 맹세했건만 그 나이가 되니
나 또한 그 모습이 내 모습이다.

이럼에도 불구하고
흔들리는 나뭇잎
가슴을 적셔 오는 바람
파란 하늘에 하얀 뭉게구름

끝없이 펼쳐지는 들꽃

이 소소한 모든 곳에 내 마음이 내려 앉아
마구 뛰는 두근거림에 숨이 막혀 온다.

사람이 오던 길은 틀려도 가는 길은
비슷한 오솔길을 가고 있는 것 같다.

가는 길에 자작나무숲을 볼 수 있다면
우는 새소리에 장단 맞춰 갈 수 있다면
빗소리 천둥소리 또한 친구 삼아 갈 수 있다면
내가 나를 용서하며 따뜻하게 품어줄 수 있다면
꿈도 사랑도 비단에 곱게 쌓아 간직 할 수 있다면

허나,
젊은 한을 버리지 못하는 무정한 마음을
먼저 인생길을 가셨던
엄마의 말씀을 통해서 알 수 있다.

"몸이 늙듯이 마음도 늙으면 얼마나 좋을까!"

그리운 새

머릿속에서 떠 올리던 낱말이
마음속에서 동동 떠돌다
입술로 통하는 길을 잃어버렸나
말을 잃어버렸네.

낱말을 찾아
뒤돌아 보는 길은 깜깜하고
우윳빛 안개꽃이 너울대는 앞길도
보이질 않고
지금 서 있는 이 자리에는
동서남북 나침반도 없네.

남들은 쉽게도 말하네.
우울증이라고
공황장애라고
나는 나에게 말하네.
그냥 까만색이라고.

보라색을 좋아했었네.
동백꽃을 바라보며
노랑과 빨강에 취했었네.

때로는
빨주노초파남보가 하늘을 수 놓으면
'산 넘어 남촌에는~'하면서
파랑새의 꿈을 꾸웠네.

꿈속에서 살아왔네.
수많은 언덕을 넘어 되돌아오니
까만색과 하얀색만 남아 있네.
그리운 새의 활짝 편 날개짓 속에.

7

미풍처럼 다가온 주님

후회

속이 텅 비어서
교만으로 겉치장 했던
젊은 시절 나의 부끄러운 모습이
책을 통하여 낱낱이 드러납니다.
그게 바로 통곡의 후회입니다.

아픈 가슴이 마구 마구 떨림으로
밤마다 허공을 헛디디며
잠조차 이룰 수 없는 안타까움
그게 바로 미어지는 후회입니다.

이 또한 나를 턱없이 부족한 나를
책 속에 나오는 고귀한 인품으로
치장하기 위해 안달복달하는 과정이
그게 바로 지독한 후회입니다.

이제 너무 힘에 겨워 한없이 부족한 나를
나대로 겸허하게 받아들이는
그런 내가 되어야 되겠습니다.
이게 바로 살기 위한 몸부림입니다.

내가 나를 어찌하지 않고
이 모습 이대로 받아주시는 주님께서
주님의 형상대로 빚어 주시리라 믿습니다.
이게 바로 거듭나기 위한 몸부림입니다.

당신의 시간

쓸쓸한 듯
그윽한 듯
절정에 몸서리치는 듯
당신의 눈빛 속을 유영하는 시간을
나는 보았네.

무심인 듯
무색인 듯
현란한 춤사위인 듯
무지개 색으로 온 하늘을 물들이는
시간을 나는 보았네.

까맣과 하얗 속에 춤을 추는
베토벤의 운명인 듯

꽹가리의 아픔 뚝뚝 떨어지는
각설이타령인 듯

당신과 눈 마주친 찰나의 시간을
나는 보았네.

당신의 시간은 보이면서
거울 속의 내 모습엔

세월만 보이네.
세월만 흘렀네.

그리움

주님을 향한 그리움으로 돌아왔지요.

두근, 두근거리는 가슴과
감당할 길 없는 벅참으로
모든 죄악에서 벗어나
미풍처럼 살포시 내 육신을 감싸는
비단결 같은 마음 길로
주님께 사랑을 고백하는
아름다운 영혼 되어
주님을 향한 그리움으로 돌아왔지요.
지금 이 순간.

평화

편안함이 나른함 되어
폭신한 의자에 기대고 있을 때
말로 형용할 수 없는 평화가,
평화가
한 아름의 행복을
뼈마디마디에 꽃가루 뿌리듯 뿌려주네.

아, 그리운 이
버선발로 달려가 맞이할
내 사랑하는 임이 오셨네.

벧엘

평안하느냐?
내님이 나에게 물으셨네.

감사하느냐?
내님이 내 눈을 바라보셨네.

사랑하느냐?
내님이 내 심장을 두드리셨네.

40년 그 긴 세월 동안
광야에서 '만나'를 주시던
그 세월 동안
우리의 모든 허물을
불기둥 같은
뜨거운 눈물로 감싸 주시며
내님은 내 곁에서
그렇게
나를 위해 눈물을 흘리셨네.

엘리사와 엘리아를 보내듯
40년 전 우리를 통하여
당신의 아름다운 집
벧엘을 세우시려고.

이젠 우리의 사랑이 하나 되어
나는 너에게
너는 나에게
아름다운 꿈 되어
소슬대는 바람 되어
우리 님의 옷자락에 스쳐보리라.

떨리는 마음으로
두근대는 가슴으로
벅찬 새 희망을 안고
알알이 여울지는 하나가 되리라.

야곱의 첫사랑
당신의 더 아름다운 집
벧엘을 위하여.

내 마음의 기도

마음속에는
맑은 새 소리가 들리는 듯하고

파란 하늘에는
하양 뭉개구름 같은 그리움이
두둥실 떠다니고

아휴, 어떻게 하나?
이 이쁜
이 구름을

모른 척 그냥 한 소쿠리에 담아
보내 줄게요
내 마음의 기도와 함께.

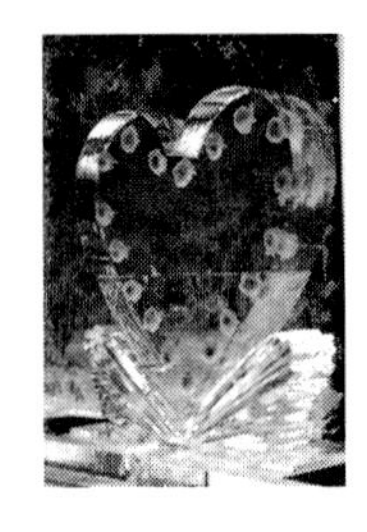

나의 기도

나의 기도가
기도 속에 침몰하지 않고

무릎 꿇고 두 손 모아
살아서 숨 쉬는 해맑은 투명함을
살랑살랑 흔들리는 잠자리 날개깃에 달아
퐁퐁 꽃가루 풍기듯
사랑하는 우리 님에게 솔솔 뿌리니

어느덧
주님을 향한 절절한 그리움 되어
전율과 떨림으로
이 새벽,
감동이 여울지는 경이로운 하루를
기쁨과 감사함으로 맞이합니다.

오늘, 나의 기도가
기도 속에 침몰하지 않았기에.

향수

바람에 블라우스가 흔들리는 모양에서
지난날의 애틋함과 수정빛 맑은 모습이
여릿한 향수 되어 나를 감싼다.

살아간다는 건 이렇게 소소한 것에
감동과 함께 설레임 속에서
살포시 피어나는 무지개꽃 같은 순간도 있다.

이런 순간엔 나는 항상 칠푼이 팔푼이 되어
하늘 보며 땅을 보며 흔들리는 나뭇잎을 보며
실실 웃는다.

이럴 땐 정말 지나가는 바람과 눈맞춤한다.
지천에 널려있는 노랑 민들레꽃들이
언제부터 저렇게 나와 친한 척을 할까?

이 느낌이 마음에 와 닿으면
오랜만에 따뜻한 시선으로
내가 나를 바라보며 또 웃는다.

"사랑한다."
"사랑한다."
아, 주님의 그리운 음성인가?

물결

주름치마 펴 놓은 듯
한결같은 물결 위에
고은 눈매 일렁이네.

깊은 계곡 이끼 사이에서
푸른 계곡 이끼 사이에서
파란 하늘이 숨을 쉬구나.

이럴 때엔
꽃 이름도
새 이름도
나 몰라요.

우리에겐 머나먼 추억 되어
오롯이 서 있는 빨간 우체통
그 속에서 미소 짓는 네 모습
이끼 속에 묻혀 있는 내 모습

물결 위에
하늘 위에
숨도 쉬고
일렁이네.

축복

피고 지는 달빛마냥
새옹지마의 흐름 속에서
울고 웃는 아이처럼 하루가 가는데

지나가는 감정 끝자락에서
금빛 은빛 반짝이는 물고기가
수면 위로 비상할 때

내 마음에 눈을 틔운 저 황혼빛!
아 ~
설레임의 끝은 어디일까?

"주님,
얻어먹을 수 있는 힘만 있어도
주님의 축복입니다."

감사

가을바람이 불어오네.
치마 속에 서늘함 담아
살랑이는 몸짓으로

언덕위의 하얀 성당에서
감미롭게 울리는 성가가
마알간 이슬방울 속에

주님의 음성 가득 채워
한 소절 한 소절 날아와
아득한 곳에 뿌려주네

오늘을 지금 이 순간을
꿈을 꾸듯 감사하라고
꿈을 꾸듯 사랑하라고.

옥색 치마저고리 · 1

초판인쇄 2017년 09월 15일 **초판발행** 2017년 09월 20일

지은이 **김연숙**
펴낸이 **이혜숙** 펴낸곳 **신세림출판사**
등록일 **1991년 12월 24일 제2-1298호**

100-015 서울특별시 중구 충무로5가 19-9 부성B/D 702호
전화 02-2264-1972 팩스 02-2264-1973
E-mail : **shinselim72@hanmail.net**

정가 **10,000원**

ISBN **978-89-5800-188-1, 03810**